Je su capable!

C'est Noël!

Pour mes parents
— D. P.

Catalogage avant publication de Bibliothèque et Archives Canada

Pelletier, Dominique, 1975-, auteur, illustrateur
C'est Noël / Dominique Pelletier.

(Je suis capable!)
ISBN 978-1-4431-3244-2 (couverture souple)

1. Noël – Ouvrages pour la jeunesse. I. Titre.

GT4985.5.P45 2013   j394.2663   C2013-905043-4

Édition publiée par les Éditions Scholastic, 604, rue King Ouest, Toronto (Ontario) M5V 1E1.

6 5 4 3 2   Imprimé au Canada 119   15 16 17 18 19

Je suis capable!

C'est Noël!

Dominique Pelletier

Éditions
■SCHOLASTIC

Et je peux

tout faire!

Écrire la liste du père Noël?

Je suis capable!

Envoyer les cartes de vœux?

Je suis capable!

Chanter la guignolée?

Je suis capable!

Décorer le sapin?

Je suis capable!

Faire
des biscuits?

Je suis capable!

Emballer
les cadeaux?

Je suis capable!

Préparer un goûter pour le père Noël?

Je suis capable!

Nous pouvons tout faire!

Sauf dormir en attendant le père Noël!